Mis letras favoritas

Ediciones Destino

Para Ana Sofía Barón Gamietea – Margarita Robleda
Para Moisés, Diana y sus tres hijos – Natalia Gurovich

Copyright del texto © 2003 por Margarita Robleda
Copyright de las ilustraciones © 2003 por Editorial Planeta Mexicana
Ilustrado por: Natalia Gurovich
Todos los derechos reservados

Publicado por:
Ediciones Destino
© 2003, Editorial Planeta Mexicana, S.A. de C.V.
Avenida Insurgentes Sur 1898 Piso 11, col. Florida,
01030 México, D.F.
ISBN: 970-690-808-0

Impreso en México

Mis letras favoritas

Margarita Robleda
con ilustraciones de Natalia Gurovich

Me gusta la A
porque está en cantar,
no vive en el cielo,
pero sí en el mar.
Lo que más me gusta es
que con dos de ellas,
puedo escribir mamá.

A

Bella, la ballena
baila en la bañera,
está medio vacía
o quizá medio llena.

5

Casi me como catorce,
cuando como caramelos,
despacito los voy comiendo
y me he quedado chimuelo.

Dicen que son de uno,
pero nada...
¡son de dos!

7

Eduardo, Emilio y Estela,
son muy buenos amigos.
Estela saluda ¡Éjele!
Emilio responde ¡Hey!
Y Eduardo solo los mira
y pregunta:
¿Eh?

8

Una foca
se enamoró de un foco
y tuvieron una fila de foquitos
que brincan y brincan felices
muy luminosos en un circo.

9

Gael es un gato grandote
con muchas ganas de jugar...
¡Grrrrr!

10

La H es una letra muy singular
dicen que no suena a nada,
pero si se la quito a hola,
no te puedo
saludar.

11

**Voy a la mitad de
A, E, O, U,
y tengo en la cabeza
un puntito que no tienes tú.**

Ja, ja, ja... dice papá.
je, je, je... dice Teté.
ji, ji, ji... dice Mimí.
jo, jo, jo... dice Santa Clos.
ju, ju, ju... dices tú.

ka de Katia,
ke de kermés,
ki de kilo,
ko de koala,
¿y ku?
¡Así te llamas tú!

K

La luna lava sus cabellos
lentamente en la laguna
y la llena de luz y de plata.

15

Mueve las maracas
Margarita María,
mientras Martha,
su hermana,
toca la mandolina.

M

16

No nado nada,
dijo Nadia,
porque no traje traje.
Anda, dijo su nana,
nada más arremángate
las mangas y nada.

17

Sin la ñ
Toño es tono,
piña es Pina
y me vuelvo Nina,
y te vuelves Nino,
en lugar de niño,
en lugar de niña.

Ñ

18

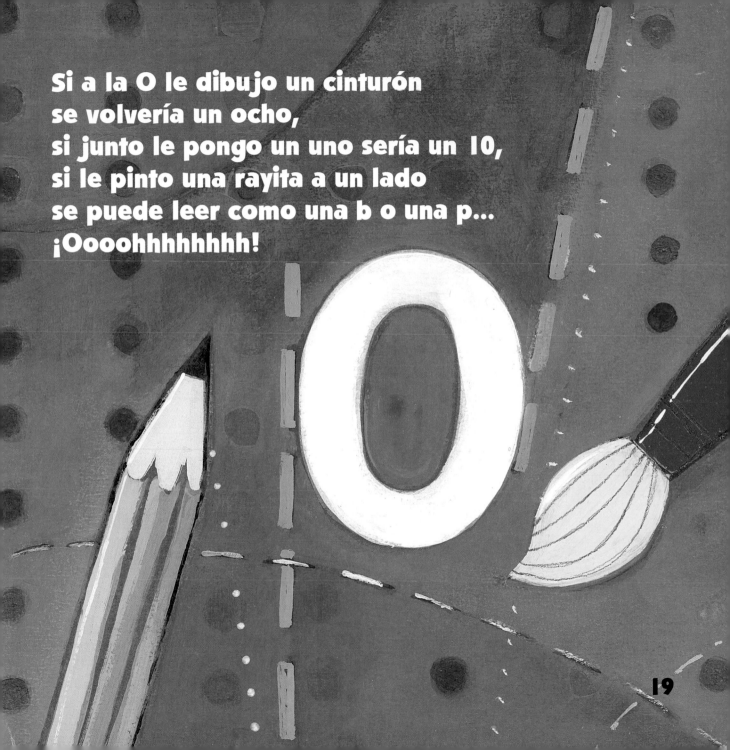

Si a la O le dibujo un cinturón
se volvería un ocho,
si junto le pongo un uno sería un 10,
si le pinto una rayita a un lado
se puede leer como una b o una p...
¡Oooohhhhhhhh!

Pedro Perico Payaso
puede ponerse panzón,
con tantos pasteles y panes
se romperá el pantalón.

20

—¿Qué es eso?
—¿Qué es eso?
—¡Queso! ¡Queso!

21

Ramón Ramírez
tiene un ratón
que se cree perro.
El pobre ratón corre
y corre con correa.

22

Sapito, sapito,
sapito sapón,
salta sapito,
a mi corazón.

23

Hay t de tomar y
T de Tomás,
Hay t de tetera y t de tila.
Pero la T que más me gusta
es la de a ti te quiero.

24

¡Uuuhhhhh! ¡Uuuhhh!
Cantaba el búho desde su nido.
Y cuando lo escuchaba
¡Buuuhhh! ¡Buuuhhh!...
lloraba el fantasmita
con el alma en un hilo.

—Veo, veo...
—¿Qué ves?
—Veo que vas... veo que vienes.

La W es como una M
al revés,
con la que nombras
a mi amigo William,
cada vez que lo ves.

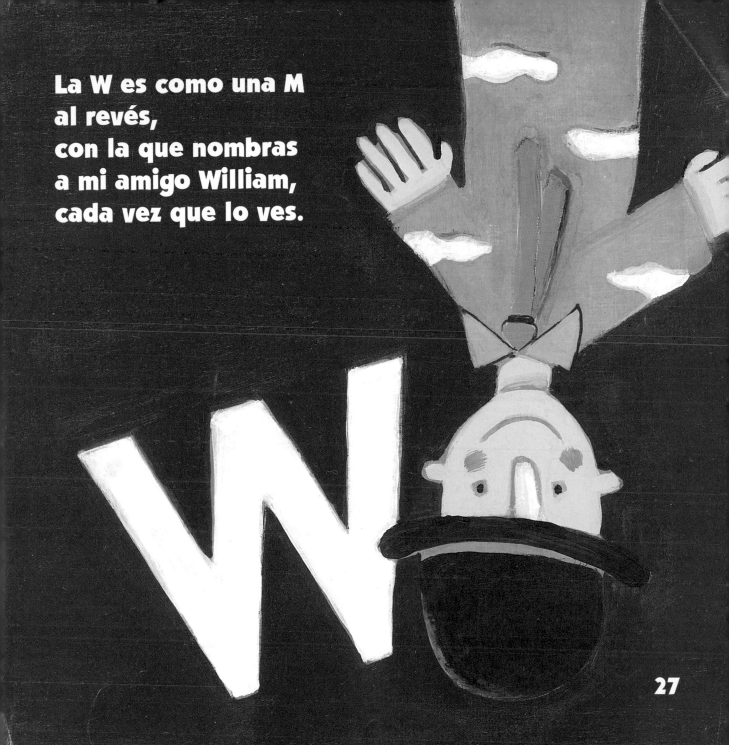

Me gusta la X porque es muy
traviesa,
a veces suena a J
como en México
y otras a S,
como en Xochimilco.

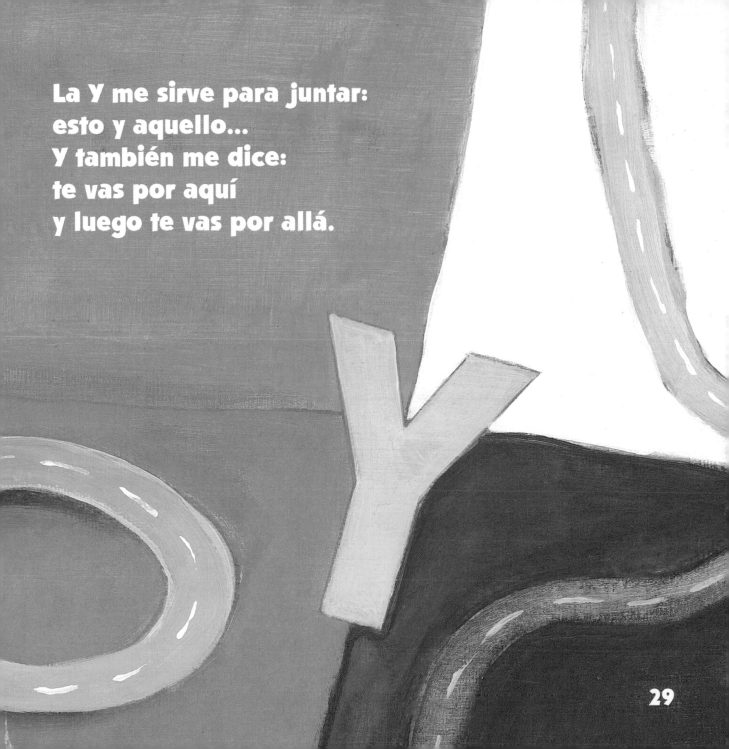

La Y me sirve para juntar:
esto y aquello...
Y también me dice:
te vas por aquí
y luego te vas por allá.

29

La Z va en zanahoria,
la Z va en zapato,
la Z va en zapote,
pero nunca va en sapo.

Aa Bb Cc Dd Ee
Ff Gg Hh Ii Jj
Kk Ll Mm Nn Ññ
Oo Pp Qq Rr Ss
Tt Uu Vv Ww Xx
Yy Zz